ランランらくご

おばけ長《なが》屋《や》

斉藤洋・文
高畠純・絵

もくじ

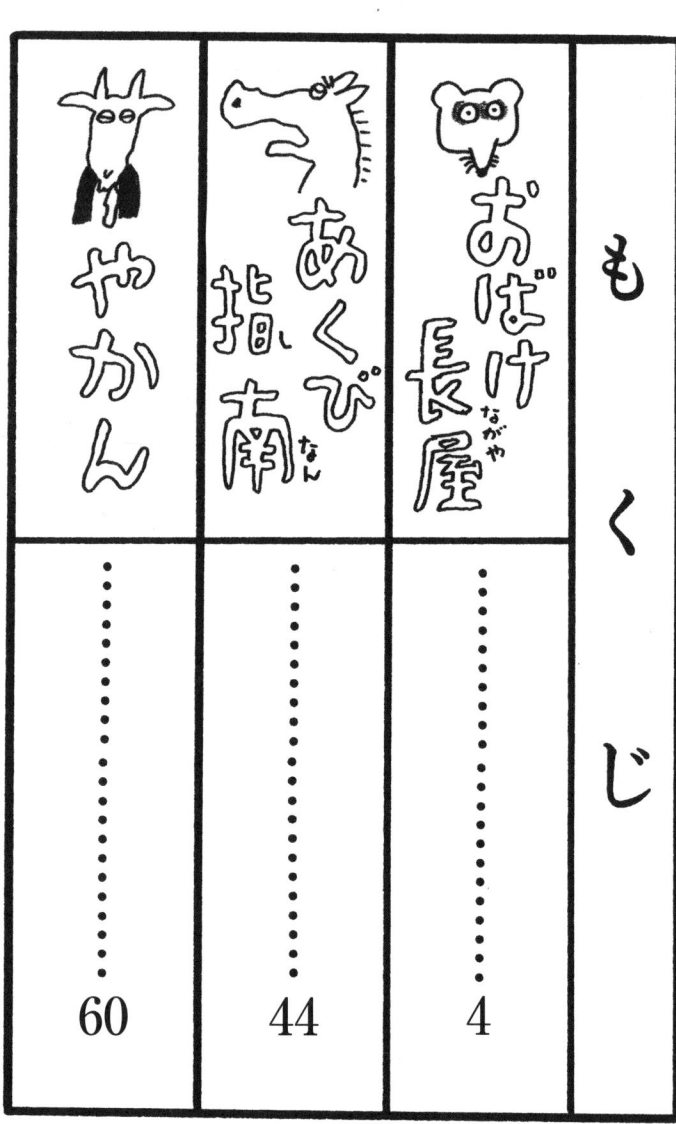

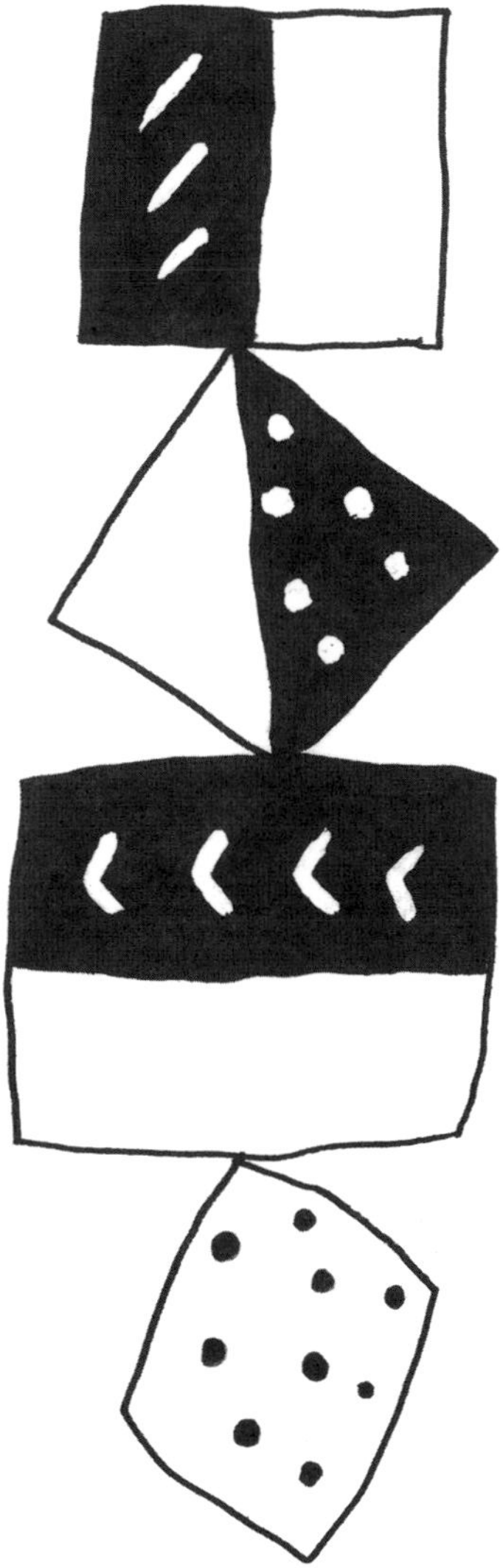

おばけ長屋《ながや》

おもてどおりから入《はい》ると、長屋《ながや》、つまりアパートがあり、へやが五つならんでいます。おもてどおりとのかどになっている一号室《ごうしつ》のげんべえさんが、あき家《や》になっている四号室《ごうしつ》から、古《ふる》いたんすをはこびだしています。

三号室《ごうしつ》のもくべえさんがまどから顔《かお》を出《だ》し、げんべえさんをよびとめました。

「おおい、げんべえさん。いったい、何《なに》をやってるんだね。」

げんべえさんはたんすを下《した》にお
ろして、こたえました。
「あ、もくべえさん。いや、ま
いったよ。あのごうつく大家《おおや》が、
かってに四号室《ごうしつ》に、ものを入《い》れ
るなっていうんだ。」
「なんだって？　四号室《ごうしつ》にものを
入《い》れるなだと？　だって、四号《ごう》
室《しつ》はあき家《や》になっているじゃな
いか。」
もくべえさんはそういうと、
いったん顔《かお》をひっこめ、げんかん

から出《で》てきました。

　すると、そこへ二号室《ごうしつ》のコウさんが、小《ちい》さい体《からだ》をよろよろさせて、四号室《ごうしつ》から出《で》てきました。かたには、ものほしざおをかついでいます。そして、ものほしざおには、こいのぼりのように、せんたくものがかかっています。

「どうしたんだ、コウさん。」

　もくべえさんが声《こえ》をかけると、コウさんはよろよろしながらそばにきて、いいました。

「あ、もくべえさん。きのう、せんたくしたら、雨《あめ》がふっちゃったから、四号室《ごうしつ》にほしておいたんですよ。そうしたら、さっき大家《おおや》

さんがやってきて、あき家《や》にせんたくものをほすなって、そういうんですよ。」

「コウさん、あんたもそんなことをいわれたのか、あのよくばり大《おお》家《や》に。」

もくべえさんがためいきをつくと、コウさんは、

「ぼくだけじゃありませんよ。五号室《ごうしつ》のタケさんだって……。」

といって、四号室《ごうしつ》のげんかんをゆびさしました。するとちょうどそこから、五号室《ごうしつ》にすんでいるタケさんが出《で》てきました。タケさんは、車輪《しゃりん》のない自転車《じてんしゃ》のような形《かたち》のトレーニング機《き》をかかえ、首《くび》からはダンベルをひもでいくつもぶらさげています。

もくべえさんは、タケさんにも声《こえ》をかけました。

「タケさん。あんたも大家《おおや》にもんくをいわれたのか？」

タケさんは、トレーニング機《き》を道《みち》におくと、もくべえさんのそばにやってきて、こたえました。

「そうなんですよ。『へやがあいているからって、トレーニング・ジムがわりにつかうな。』って、大家《おおや》がそういったんです。もくべえさん。あなたのところには、大家《おおや》はもんくをいいにきませんでしたか？」

「ぜんぜん。」

ともくべえさんはむねをはってから、いいました。

「わたしは、あんたたちみたいなことはしていないからね。」

「もくべえさんはあき家《や》の四号室《ごうしつ》に、何《なに》もおいていないんですか。」

コウさんがたずねると、もくべえさんは、

「とんでもない！」

といいはなってから、きっぱりといいきりました。

「もちろん、おいてある！　ただし、わたしはあんたらのような、まぬけなことはしておらん。すぐ見《み》えるようなところには、ものはおかない。じまんじゃないが、四号室《ごうしつ》の床下《ゆかした》は、わたしの食《しょく》料庫《りょうこ》さ。じゃがいもは、くらくて、温度《おんど》の低《ひく》いところにしまうのがいちばんだ。じゃがいもだけじゃない。四号室《ごうしつ》の床下《ゆかした》には、つけもののたるや、ピクルスのびん、そして、梅酒《うめしゅ》やらワインがずらりとならんでいる。」

それからもくべえさんは大《おお》きなためいきをつき、つぶやきました。

「しかし、あの大家《おおや》のことだ。つぎにきたときには床下《ゆかした》も見《み》るにちがいない。だが、なんだって、遠《とお》くにすんでいるあの大家《おおや》が、のこのこあき家《や》を見《み》にきたんだろうか。」

すると、げんべえさんがそれにこたえました。

「けさがた、だれかが四号室《ごうしつ》をかりようと思《おも》って、見《み》にきたらしいんだ。ところが、中《なか》をのぞくと、たんすがおいてあったり、せんたくものがほしてあったり、トレーニング機《き》があったりしたもんだから、大家《おおや》に、あれじゃあとてもすめないって、もんくをいいにいったようだね。それで、大家《おおや》が見《み》にきたんだよ。」

「なるほど。だが、これはこまったことになったな。あそこをだれかがかりたら、わたしの食料庫《しょくりょうこ》も、げんべえさんのものおきも、コウさんのものほし場《ば》も、タケさんのトレーニング・ジムも、いっぺんになくなるわけだ……。」

もくべえさんがそういってうでぐみをすると、タケさんとコウさんが、声《こえ》をそろえていいました。

「なんとかなりませんかね、もくべえさん。」

もくべえさんは、しばらく首《くび》をかしげて考《かんが》えていましたが、

「ようするに、だれもあのへやをかりなければいいわけだ……。」

とひとりごとをいってから、ポンと両手《りょうて》をうって、いいました。

「うん。名案《めいあん》があるぞ。あのへやに、おばけが出《で》ればいいんだ！」

「おばけが出《で》ればいいって……。」

とコウさんが、ものほしざおをかついだまま、あとずさりしました。

タケさんは、かたからひもでぶらさげたダンベルをにぎりしめ、

「そ、それは、ど、どこかから、おばけをよんできて、そのおばけをあのへやにすまわせるって、そういうことですか？　それなら、よしたほうがいいんじゃぁ……。だ、だって、そんなことをしたら、もうトレーニング・ジムとして使《つか》えなくなっちゃいますよ。スクワットをしてて、なんだか体《からだ》が重《おも》いなあって思《おも》ったら、せなかに大入道《おおにゅうどう》がのっかっていたなんて……。」

といい、ぶるっとからだをふるわせました。

4

それをきいて、げんべえさんがあきれた顔《かお》をしました。

「タケさん。大入道《おおにゅうどう》なんて、あのへやにすむわけがないだろ。しょうがないなあ、もう。大入《おおにゅう》道《どう》だってよ、もくべえさん。あんなせまいところに大入道《おおにゅうどう》はむりだよなあ。出《で》るなら、というか、すむなら、せいぜい、吸血《きゅうけつ》鬼《き》とか、三つ目《め》こぞうじゃないか、大《おお》きさからいって……。」

げんべえさんのことばに、もく

べえさんはもっとあきれ顔《がお》をしました。

「げんべえさん、なんだね、あんたまで！　おばけなんていないんだから、あそこにすめるわけがないじゃないか。あの四号室《ごうしつ》におばけが出《で》るってことにするだけだよ。とにかく、だれかがあのへやをかりようと思《おも》って見《み》にきたら、わたしのところによこしなさい。それから、みんな、しばらくはあのへやに、ものをおかないほうがいい。大家《おおや》がうるさいからな。なあに、ほとぼりがさめたら、あそこはまた、食料庫《しょくりょうこ》けん、ものおきけん、ものほし場《ば》けん、トレーニング・ジムにもどるのだ。」

そんなわけで、みな、じぶんのものを四号室《ごうしつ》からすっかりひきあげました。

その日《ひ》の午後《ごご》、もくべえさんがまどから外《そと》を見《み》ていると、わかい男《おとこ》がやってきて、こういいました。

「いえね、わたしはこの長屋《ながや》の四号室《ごうしつ》をかりようと思《おも》って、ちょっと見《み》にきたんですよ。それで、そこできいたら、四号室《ごうしつ》のことなら三号室《ごうしつ》のもくべえさんにきいたらいいって、そういわれたもんですから。」

こりゃあ、さっそくおいでなすったな……。

そう思《おも》ったもくべえさんは、男《おとこ》にたずねました。

「なるほど、それで、何《なに》をききたいん

です?」

男《おとこ》はいいました。

「まず、家賃《やちん》なんですけど、いったい、おいくらでしょうか。」

「家賃《やちん》ねえ……。」

ともくべえさんはつぶやき、いかにもこまったような顔《かお》をして、いいました。

「まあ、家賃《やちん》はお気《き》もちだけって、そういうことになっていますけどね。」

男《おとこ》はいぶかしそうな顔《かお》をしました。

「お気《き》もちだけって?」

「お気《き》もちだけっていうのは、つまり、お気《き》もちだけで、家賃《やちん》をはらう気《き》がなければ、お気《き》もちがないってことで、ただになりますね。」

「ただですって？　いくらなんだって、ただってことはないでしょう。」

そういわれて、もくべえさんは男《おとこ》の目《め》をじっと見《み》つめてから、いいました。

「まあ、ふつうならねえ……。」

「な、なんです。いきなりそんなこわい目《め》をして……。」

男《おとこ》が一歩《ぽ》しりぞくと、もくべえさんはいいました。

「まあ、そこじゃあ、話《はなし》が遠《とお》いから、中《なか》に入《はい》りなさい。」

「そ、そうですか。じゃあ……。」

とげんかんに入《はい》ってきた男《おとこ》をすわらせ、もくべえさんは声《こえ》をおとして、いいました。

「あんたね、いまどき、家賃《やちん》がただなんて、そりゃあ、ふつうじゃ

あ、そんなことありませんよ。四号室《ごうしつ》がただなのは、ふつうじゃないからです。」

「ふつうじゃないって……。」

と、ごくりとつばをのみこんだ男《おとこ》の耳《みみ》に、もくべえさんは口《くち》をちかづけてささやきました。

「出《で》るんですよ？」

「出《で》るって？」

「あんた、出《で》るっていったら、むかしからきまってるじゃないですか。ばけものですよ。」

「えーっ！　ばけものーっ？」

と、うしろにひっくりかえりそうになった男《おとこ》に、もくべえさんは、

「そうです。ばけものです！　それも、あなた……。」

といってから、さっきげんべえさんがいっていたことを思《おも》いだして、

「三つ目《め》の吸血鬼《きゅうけつき》のばけものが出《で》るんです！」

といいはなったのです。

「み、み、三つ目《め》の吸血鬼《きゅうけつき》ですって……。」

口《くち》ごもる男《おとこ》に、調子《ちょうし》にのったもくべえさんは、でまかせをいいます。

「それも、あなた。ただの三つ目《め》の吸血鬼《きゅうけつき》じゃありませんよ。もともと三つ目《め》の吸血鬼《きゅうけつき》が一回死《かいし》んで、ゆうれいになったやつなんです。だから、ばけもの吸血鬼《きゅうけつき》のゆうれいってわけでね……。」

「ばけもの吸血鬼《きゅうけつき》のゆうれい……。」

「そうです。まあ、ふつうの生《い》きている吸血鬼《きゅうけつき》なら、血《ち》をすうったって、限度《げんど》がありますがね。あなただって、なん十リットルもお酒《さけ》をのめないでしょう。それと同《おな》じでね。生《い》きている吸血鬼《きゅうけつき》はそんなに血《ち》がすえません。でも、四号室《ごうしつ》に出《で》る吸血鬼《きゅうけつき》は、一回死《かいし》んで、ゆうれいになっていますから、どんなに血《ち》をすっても、けっして満腹《まんぷく》にはならないんです。だから、一てきのこらず、血《ち》をすわれてしまうんですな。」

「一てきのこらず、ですか……。」

目《め》をまるくしておどろく男《おとこ》に、もくべえさんはおいうちをかけるように、

「そうです。一てきのこらずですよ。それで、どうやって出《で》てくるかっていうと、夜《よる》になるとですね、うらのまどがいきなりあいて、

こうもりがとびこんできたかとおもうと、じぶんしかねていないはずのふとんがいきなりまくれあがり、ふとんの中《なか》から、ものすごく大《おお》きな吸血鬼《きゅうけつき》がこんなふうに……。」

といったかとおもうと、いきなり両手《りょうて》を大《おお》きくひろげました。そして、男《おとこ》にのしかかるようにして、さけびました。

「おおおおおお……。血《ち》をすわせろ……。おまえのしんせんな血《ち》をよこせぇ……。」

「わっ！」

と男《おとこ》は体《からだ》をのけぞらせ、

「ご、ご、ごめんなさい！」

と、べつに悪《わる》いことをしたわけでもないのに、あやまって、にげていってしまいました。

もくべえさんは外《そと》に出《で》て、にげる男《おとこ》をわらって見《み》おくりました。するとそこへげんべえさんがやってきて、もくべえさんにいいました。

「今《いま》、走《はし》っていったやつ、四号室《ごうしつ》を見《み》にきた男《おとこ》だろ。さっききたから、もくべえさんのところへいくようにいったんだ。」

「ああ。うまくいったようだ。あいつは二度《ど》とこの長屋《ながや》には、ちかよらないんじゃないか。」

もくべえさんがそういうと、げんべえさんはたずねました。

「だけど、何《なん》ていって、おどかしたんだい？」

「三つ目《め》の吸血鬼《きゅうけつき》のゆうれいがあのへやに出《で》るっていったんだよ。」

「三つ目《め》の吸血鬼《きゅうけつき》のゆうれいって、どんなやつだ。」

「さあねえ。口《くち》からでまかせをいっただけだから、どんなやつかまでは、考《かんが》えてないよ。」

ふたりがそんなことをはなしていると、とおりのほうから、べつの男《おとこ》がやってきました。あたりをきょろきょろ見《み》ています。そのようすをもくべえさんとげんべえさんがながめていると、男《おとこ》はふたりのほうにやってきて、たずねました。

「おう。ちょっときくが、この長屋《ながや》にあき家《や》があるってのは、ほんとうか？」

「ありますよ。」

とこたえたもくべえさんに、男《おとこ》はたずねました。

「どこだ、そりゃあ。」

その大《おお》きなたいどに、もくべえさんはむっとして、いじわるっぽく、

「そこの四号室《ごうしつ》ですよ。かぎはかかってないから、かってに見《み》てきたらどうです。」

とこたえました。

すると男《おとこ》は、

「お、そうかい。じゃあ、ちょっくら見《み》てくるか。」

といって、四号室《ごうしつ》に入《はい》っていきました。けれども、すぐにもどってきて、もくべえさんにいいました。

「なかなかいいへやじゃねえか。ところで、ここの大家《おおや》はどこにいるんだ。」

もくべえさんはこたえました。

「大家《おおや》はちょっと遠《とお》くにすんでいるので、わたしがかわりに説明《せつめい》をすることになっているんだがね。」

「そりゃあ、話《はなし》が早《はや》くっていいや。で、いくらだい、家賃《やちん》は？」

男《おとこ》にたずねられ、もくべえさんはいかにも意味《いみ》ありげに口《くち》ごもりました。

「家賃《やちん》ねえ……。」

「ほう、家賃《やちん》、ねえ、だと？　てことは、

家賃《やちん》がねえ、つまり、ただってことか？」

といって、男《おとこ》はわらいました。そこで、もくべえさんはいいました。

「まあ、そういうことだよ。あの四号室《ごうしつ》は、家賃《やちん》をきめても、かりた者《もの》がせいぜい二日《か》しか、もたないからね。」

「もたないって、そりゃあ、どういうことだ？」

「ま、運《うん》がよければ、にげてしまうし、運《うん》の悪《わる》い人《ひと》は、生《い》きてへやからは出《で》られない。あの四号室《ごうしつ》には、吸血鬼《きゅうけつき》が出《で》てね。あのへやをかりた者《もの》の血《ち》を一てきのこらず、すおうとするんだ。」

すると、男《おとこ》はこわがるどころか、おもしろそうに身《み》をのりだして、つぶやきました。

「ほう、吸血鬼《きゅうけつき》か？」

「でも、ただの吸血鬼《きゅうけつき》じゃない。三つ目《め》だ。しかも、ものすごく体《からだ》が大《おお》きいときてるから、おそろしい。」

「大男《おおおとこ》の三つ目《め》こぞうか?」

「そうだが、それだけじゃなく、そいつは一回死《かいし》んでゆうれいになっているからね。ちゅうとはんぱな血《ち》のすいかたはしないよ。一度《ど》くらいついたら、とことん血《ち》をすいつくすんだ。」

「で、そいつは、どうやって出《で》てくるんだ。」

「夜《よる》になると、うらのまどがいきなりあいて、こうもりがとびこんできたかとおもうと、じぶんしかねていないはずのふとんから、ものすごく大《おお》きな吸血鬼《きゅうけつき》がこん

なふうに……。」

もくべえさんはそういうと、さっきと同《おな》じように両手《りょうて》をひろげ、

「おおおおおお……。血《ち》をすわせろ……。おまえのしんせんな血《ち》をよこせぇ……。」

とさけびました。

すると、男《おとこ》はこわがってにげだすどころか、

「へえ、そいつはおもしれえ。そんな見世《みせ》物《もの》がついていて、家賃《やちん》がただなら、さっそく今夜《こんや》ひっこしてくる。いいか、かならずくるから、ほかのやつにかすんじゃねえぞ。かしたら、しょうちしねえからな！」

といって、かえっていってしまいました。

あっけにとられたもくべえさんとげんべえさんは、しばらくおもてどおりのほうを見《み》ていましたが、やがて、げんべえさんがいいました。

「もくべえさん。どうするんだ？　あれじゃあ、今夜《こんや》、ひっこしてくるよ。」

「どうもそのようだな……。」

とつぶやいてから、もくべえさんはいいました。

「こうなったら、みんなで三つ目《め》の吸血鬼《きゅうけつき》のゆうれいになって、あいつをおいだすしかないな。げんべえさん。すまないが、タケさんとコウさんをよんできてくれ。」

げんべえさんはすぐにタケさんとコウさんをよんできました。

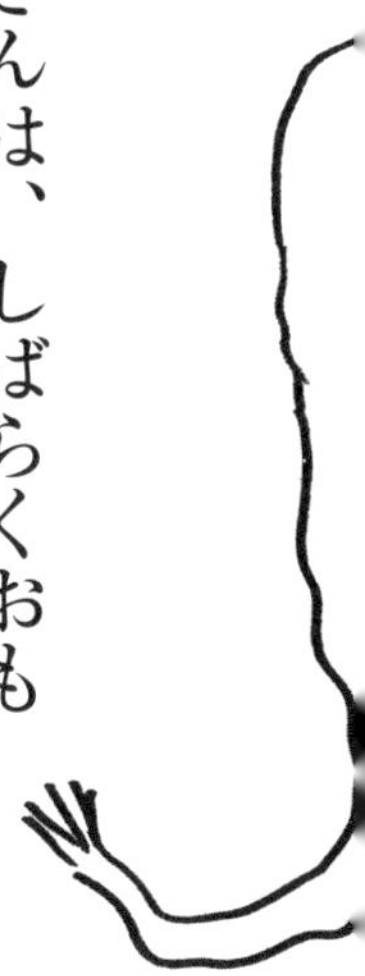

みんながあつまると、もくべえさんはいいました。

「今夜《こんや》、四号室《ごうしつ》にひっこしてくるやつがいるから、みんなで三つ目《め》の吸血鬼《きゅうけつき》のゆうれいにばけて、そいつをおいだそうじゃないか。」

「三つ目《め》の吸血鬼《きゅうけつき》のゆうれいって、それ、なんです?」

そうたずねたのは、タケさんです。

「何《なに》って、わたしが口《くち》からでまかせにいったおばけだ。まあ、三つ目《め》こぞうが吸血鬼《きゅうけつき》になって、一度死《どし》に、ゆうれいになったってことにしてある。それで、ものすごく体《からだ》が大《おお》きくて、ふとんの中《なか》から、こうやって手《て》をひろげ……。」

とそこまでいってから、もくべえさんは、さけびました。

「おおおおお……。血《ち》をすわせろ……。おまえのしんせんな血《ち》をよこせぇ……。」

「わっ！」

と声《こえ》をあげ、コウさんがにげようとします。すかさずそれをげんべえさんがだきとめます。

もくべえさんが話《はなし》をつづけます。

「ま、そんなふうなことになっている。それで、そいつは体《からだ》がでかくて、そいつが出《で》てくるまえに、うらのまどがあいて、こうもりがとびこんでくるって、そういってあるから、そういうさいくをして、みんなであいつを待《ま》ちぶせしよう。」

それから、もくべえさんは、げんべえさんはこう、タケさんはこう、そして、コウさんはこう、というふうに、みんなの役《やく》わりをきめ、日《ひ》がくれたらあつまるようにいいました。

さて、夜《よる》になると、さっきの男《おとこ》が四号室《ごうしつ》にやってきました。ひっこしだというのに、にもつはあまりなく、リュックをひとつしょっているだけです。

男《おとこ》は四号室《ごうしつ》のげんかんのとびらをあけます。すると、どうでしょう。くらいへやの中《なか》、さっきはなかったのに、まん中《なか》にふとんがしいてあります。しかも、ただのふとんではなく、みょうに大《おお》きいふとんです。もうふがもりあがっているところを見《み》ると、だれかがねているようです。

男《おとこ》は電灯《でんとう》のスイッチをさがし、指《ゆび》でおしましたが、電気《でんき》はつきません。それもそのはず、もくべえさんがへやの電球《でんきゅう》をぜんぶとりはずしておいたからです。あかりといえば、げんかんからさしこむ月《つき》の光《ひかり》だけです。

「ちぇっ、しょうがねえな……。」

男《おとこ》はぶつぶつもんくをいっています。

そのようすをうらにわから見《み》ていたのは、もくべえさん、それから、ぬれたぞうきんを手《て》にもったコウさんです。ちょっとだけあけたまどのすきまから、ふたりはへやをのぞいています。

ということは、もうふの中《なか》にもぐりこんでいるのは、げんべえさんとタケさんでしょうか？

そのとおり、もうふにはげんべえさんとタケさんがもぐっています。ところで、しきぶとんはといえば、みんなそれぞれじぶんのふとんをもちよって、ならべたものなので、とてつもなく大《おお》きいものになっています。もうふもそうです。四まいのもうふを糸《いと》でぬいつけてあります。

そのもうふの下《した》、三つ目《め》の吸血鬼《きゅうけつき》のおめんを
かぶったげんべえさんがまくらのほうに、そして、
タケさんが足《あし》もとのほうにもぐっているのです。

「あれ、ふとんがしいてあらあ。さては、吸血鬼《きゅうけつき》のやろう、もう、出《で》やがったか。」

男《おとこ》はそういいながら、へやにあがってきました。

すかさずもくべえさんはまどをあけ、コウさんに小声《こごえ》でいいました。

「コウさん。ぞうきんだ！」

コウさんが男《おとこ》にぞうきんをなげつけました。

ビシャッ！

ぬれぞうきんが男《おとこ》の顔《かお》に命中《めいちゅう》します。

男《おとこ》は顔《かお》にへばりついたぞうきんを手《て》に

とると、よく見《み》もせず、

「こいつだな、こうもりっていうのは。ちょうどいい。リュックをしょってきて、あせをかいたところだったからな。」

とひとりごとをいって、ぞうきんでじぶんの顔《かお》をふいています。

男《おとこ》が顔《かお》をふきおわり、ぞうきんをそのへんになげすてたのを見《み》て、もくべえさんがさけびました。

「おおおおおお……。血《ち》をすわせろ……。おまえのしんせんな血《ち》をよこせぇ……。」

そのさけび声《ごえ》があいずでした。おめんをかぶったげんべえさんがもうふの下《した》から上半身《じょうはんしん》出《だ》して、両手《りょうて》をひろげました。それと同時《どうじ》に、タケさんが両足《りょうあし》をもうふの外《そと》につきだしました。

そうすれば、とてつもなく大《おお》きな怪物《かいぶつ》がもうふからおきあがろう

しているように見《み》えるからです。

案《あん》の定《じょう》、男《おとこ》は、

「おおっ！　でっかい吸血鬼《きゅうけつき》だ。」

と声《こえ》をあげましたが、そのままにげてしまうかと思《おも》えば、ぜんぜんそうではありませんでした。それどころか、

「こいつはいいや。つかまえて見世物《みせもの》にすれば、一生《いっしょう》、はたらかずにくらしていけるぞ。」

というと、

「やい、三つ目《め》の吸血鬼《きゅうけつき》のゆうれいやろう！　ふんづかまえてやるから、かくごしやがれ！」

とさけび、おめんをかぶったげんべえさんにおどりかかりました。

そのあまりのけんまくに、げんべえさんとタケさんはにげだそう

としましたが、まどからうまくにげることができたのは夕ケさんだけでした。げんべえさんは、下半身《かはんしん》もうふに入《はい》ったまま、男《おとこ》につかまってしまったのです。

男《おとこ》にしてみれば、せっかく吸血鬼《きゅうけつき》をつかまえたのに、思《おも》ったよりずっと小《ちい》さいので、さっき足《あし》がちらりと見《み》えたほうに目《め》をやりました。すると、足《あし》がなくなっているではありませんか。

男《おとこ》は左《ひだり》うで一本《ぽん》でげんべえさんの頭《あたま》をかかえ、右手《みぎて》でげんこつをつくって、げんべえさんの頭《あたま》をポカリとなぐりつけて、いいました。

「やい、吸血鬼《きゅうけつき》！　ずいぶん小《ちい》さくなりやがったな。さっきまであったおまえの足《あし》はどこにいったんだ？」

おめんがはずれないように、両手《りょうて》でおさえながら、げんべえさんはこたえました。

「す、すいません。足《あし》はないんです。」

「どうしてだ。」

「はい。なにしろ、ただの吸血鬼《きゅうけつき》じゃなくて、吸血鬼《きゅうけつき》のゆうれいですから、足《あし》はないんです……。」

あくび指南《しなん》

そろそろさくらもさこうかという春《はる》のひるさがり、トラさんがうちでお茶《ちゃ》をのんでいると、ヤスさんがまどから中《なか》をのぞいて、声《こえ》をかけてきました。

「おおい、トラさん。ちょっとそこまで、つきあってくれよ。」

「そこって、どこだ。」

トラさんがたずねると、ヤスさんはこたえました。

「そこっていったら、そこさ。このさきに、あくび指南所《しなんじょ》っていうのができたんだ。だから、ちょっとならいにいってみようと思《おも》うんだ。」

「あくび指南所《しなんじょ》？　なんだよ、それ？」

ヤスさんはあたりまえのようにこたえます。

「あくび指南所《しなんじょ》っていったら、あくびのしかたを教《おし》えてくれるとこさ。」

トラさんは、ちょっとびっくりしていいました。

「あくびのしかただって？　あくびなんて、ならわなくたって、できるじゃねえか。」

すると、ヤスさんは、あきれた顔《かお》をしていいました。

「あのなあ、トラさん。世《よ》の中《なか》には、書道《しょどう》をならっているのがけっこういるが、そういうのは、なにか？ 字《じ》が書《か》けないで、ならっているのか？」

「いや。そういうわけじゃないだろうな。」

「そうだよな。字《じ》は書《か》けるけど、もっとじょうずに書《か》けるようにってんで、書道《しょどう》をならうわけだ。あくびだって、おんなじさ。おれだって、あくびくらいできる。だけど、ただあくびをするだけじゃなくて、ちょっとはまともにあくびをしてえってもんだろ。」

「そうかな。だけど、おれはあくびなんて、ならおうとは思《おも》わねえよ。」

「なにも、おれといっしょにならってくれって、たのんでるんじゃねえんだ。ひとりじゃあ、なんとなくいきにくいから、いっしょ

にいってくれって、そういってるんだ。」

「そういうことなら、いってやるよ。」

と、そういうわけで、トラさんとヤスさんはあくび指南所《しなんじょ》にいってみました。

それは、小《ちい》さな庭《にわ》つきの家《いえ》でした。入《い》り口《ぐち》には、〈あくび指南所《しなんじょ》〉と書《か》かれたかんばんがあります。

　ヤスさんが、

「ごめんくださーい！　あくびをならいにきたんですがーっ。」

と声《こえ》をかけると、おくから男《おとこ》が出《で》てきました。

「いらっしゃい。わたしがあくび指南《しなん》です。

あくびをならいたいというのは、おふたりですか。」

「いいえ。あっしだけです。となりにいるのは、つきそいみてえなもんです。」

ヤスさんがそういうと、男《おとこ》は、

「さようでございますか。では、おつきそいのかたは庭《にわ》にまわっていただき、えんがわにおすわりいただいて、けいこが終《お》わるまで、お待《ま》ちいただきましょう。」

といい、ヤスさんを家《いえ》の中《なか》にまねきいれました。

そこで、トラさんは庭《にわ》にまわり、えんがわにこしかけました。えんがわのむこうは板《いた》の間《ま》で、ちょうどあくび指南《しなん》の師匠《ししょう》とヤスさんがむかいあってすわったところでした。

「では、けいこをはじめますが、春夏秋冬《しゅんかしゅうとう》、どの季節《きせつ》のあくびがよろしいでしょう。」

師匠《ししょう》がたずねると、ヤスさんはめんくらって、ききかえしました。

「あくびに季節《きせつ》があるんですか。」

「ありますよ。春《はる》には春《はる》のあくびがあり、夏《なつ》には夏《なつ》の、秋《あき》には秋《あき》の、冬《ふゆ》には冬《ふゆ》のあくびが、それぞれあるのです。きるものだって、季節《きせつ》によってかえるでしょ。あくびだって、季節《きせつ》に合《あ》わせたおもむきがあるのです。」

「へえ、季節《きせつ》に合《あ》わせたおもむきねえ。こりゃあ、あくびもなかなかおくが深《ふか》いですな。」

「もちろんですよ。それで、どの季節《きせつ》になさいますか。」

「じゃあ、春《はる》にしていただきましょうか。今《いま》、春《はる》だしね。」

「では、春《はる》にいたしましょう。それで、場《ば》所《しょ》は？　場《ば》所《しょ》はどこにしますか。」

「場《ば》所《しょ》によっても、あくびがちがうんですか？」

ヤスさんはおどろいて目《め》をまるくしましたが、師《し》匠《しょう》はあたりまえのように、うなずきました。

「もちろんです。人《ひと》があつまって、よりあいなんかのときにするあくびと、朝《あさ》おきたときのあくびでは、まるでちがってきますな。」

「なるほどねえ。じゃあ、春《はる》ってことで、花見《はなみ》のときのあくびにします。」

「わかりました。それじゃあ、花見《はなみ》はどこの花見《はなみ》にしますか。山《やま》ですか、川《かわ》べりですか。」

「なんだか、話《はなし》がこまかいですね。そういうことなら、ならってすぐに使《つか》えるように、近所《きんじょ》の公園《こうえん》にします。ほら、大《おお》きな池《いけ》のまわりに、さくらの木《き》がたくさんうえてある公園《こうえん》があるじゃないですか。あそこにします。」

ヤスさんがそういうと、師匠《ししょう》はちょっと考《かんが》えていましたが、やがて小《ちい》さくうなずいて、いいました。

「わかりました。では、公園《こうえん》のボートにのって、岸辺《きしべ》の満開《まんかい》のさくらをながめているという場面《ばめん》での、あくびをやりましょう。ちょっと、わたしのを見《み》ていてください。」

師匠《ししょう》はそういうと、両手《りょうて》でボートをこぐかっこうをし、顔《かお》をちょっ

とあげて、ななめ前《まえ》を見《み》ながら、こういいました。

「あーあ。あたたかくていい気《き》もちだなあ。こうやって、ゆっくりボートをこぎながら、満開《まんかい》のさくらを見《み》ているのもおつなものだが、だんだん、たいくつになってくるなあ……。」

それから師匠《ししょう》は右手《みぎて》を口《くち》にあて、

「ふ、ふぁーい……。」

と、あくびをして、ヤスさんにいいました。

「さ、今《いま》のようにやってみてください。」

ヤスさんは両手《りょうて》をガンガン前後《ぜんご》させながら、はじめました。

「あーあっと、こうくらあ。あったかくて、いいこんころもちだなあってんだよ、まったく。こうやって、板《いた》の間《ま》にすわって、ゆっくりボートをこぎながらだな、満開《まんかい》のさくらを見《み》てるのも、おつっていやあ、おつだがよ、だんだん、たいくつになってくらあ……。」

そこまでいって、ヤスさんは口《くち》に手《て》をあて、あくびをしてみせました。

「ふぁっ、ふぁっーい……とくらあ！」

ヤスさんがあくびをしおわったところで、師匠《ししょう》がいいました。

「あなたね。わたしがいったせりふとだいぶちがっていますよ。でも、せりふより、問題《もんだい》は手《て》ですよ。公園《こうえん》の池《いけ》で、なんとなくボートをこぎながら、満開《まんかい》のさくらを見《み》ているんですよ。あなたのこぎかたを見《み》てると、遭難《そうなん》したマグロつり漁船《ぎょせん》の漁師《りょうし》が、救命《きゅうめい》ボートにのって、大《おお》きなサメからにげようとしているところみたいですよ。そんなに、命《いのち》がけみたいにこがなくてもいいんで

す。それから、あくびのあとの、『とくらあ！』っていうの、あれはやめましょう。あんまり品《ひん》がよくありませんからね。」

それをきいて、ヤスさんは、こんどは手《て》をゆっくり前後《ぜんご》させて、いいました。

「あーあ。あったかくて、いいこんころもちだ。こうやって、ゆっくりと、遭難《そうなん》したマグロ漁船《ぎょせん》の漁師《りょうし》じゃないみたいにして、ボートをこぎながらさくらを見《み》ていると、だんだん、たいくつになってくらあ……ふあっ、ふぁーい……。」

すると、師匠《ししょう》は、

「よく見《み》て、よくきいていてくださいよ。もう一度《ど》やってみせますから。」

といい、両手《りょうて》をゆっくり前後《ぜんご》させながらせりふをいって、あくびをしました。

「あーあ。あたたかくていい気《き》もちだなあ。こうやって、ゆっくりボートをこぎながら、満開《まんかい》のさくらを見《み》ているのもおつなものだが、だんだん、たいくつになってくるなあ……。ふ、ふぁーい……。」

「なるほど。」

といって、ヤスさんがやってみます。

「あーあ。あったかくて、いいこんころもちだ。こうやって、ゆっくりさくらをこぎながら、ボートを見《み》ているのもおつなもんだが、だんだん、たいくつになってくらあ……ふぁっ、ふぁーい……。」

「あなた。さくらをこいで、ボートを見《み》てどうするんです。あべこべですよ。」

「あ、そうですか。ちょっとまちがえたかな。じゃあ、もう一回《かい》。

あーあ、あったかくて、いいこんころもちだ。こうやって、ゆっくりボートをこぎながら、さくらを見《み》ているのもおつなもんだが、だんだん、たいくつになってくらあ……。ふぁっ、ふぁーい……。」

「まあ、せりふはだいたい、いいでしょう。ただし、『こんころもち』っていうのはやめましょう。ふつうに、『気《き》もち』っていいましょうよ。それから、あとはあくびですね。あなたのは、あくびっていうより、気《き》のぬけたくしゃみです。」

師匠《ししょう》にそういわれ、ヤスさんはあくびのところだけ、もう一度《ど》やりました。

「ふぁふぁふぁーい……。」

「どうもいけませんな。今《いま》のなら、まださっきのほうがよかった。

『ふぁふぁふぁーい。』じゃなくて、ふ、ふぁーい……。いいですね、ふ、ふぁーい、です。あなたは最初《さいしょ》が、ふ、じゃなくて、ふぁ、になっているんです。最初《さいしょ》は、ふぁ、じゃなくて、ふ！　つぎが、ふぁ、です。」

「あ、最初《さいしょ》は、ふぁ、じゃなくて、ふ、かあ。じゃあ、もう一回《かい》……。」

えんがわにすわり、ヤスさんとあくび指南《しなん》の師匠《ししょう》のようすを見《み》ていたトラさんは、だんだんばかばかしく、たいくつになってきました。それで、

「いくらともだちのつきあいでも、こんなばかばかしいもんを見《み》ていたら、だんだんたいくつになってくる……。」

とひとりごとをいい、おもわずあくびをしてしまいました。

「ふ、ふぁーい……。」

それを見《み》たあくび指南《しなん》の師匠《ししょう》は、トンとひざをうっていいました。

「あ、こりゃあ、おつきそいのかたのほうが、ずっとすじがいい。見《み》ているだけで、あれだけできるようになりなんだから……。」

やかん

世《よ》の中《なか》に、先生《せんせい》とよばれている者《もの》がたくさんいますが、中《なか》には、いいかげんな先生《せんせい》もいます。それほどもの知《し》りじゃないのに、たまたままわりにくらべて、ちょっとだけ多《おお》く知《し》っているだけで、先生《せんせい》なんていわれていたりするのです。

まあ、どこの町内《ちょうない》にも、そういう先《せん》生《せい》がいて、それでも、ほかの者《もの》たちよりは知《し》っているというので、何《なに》かわからないことがあったりすると、ききにいったりするものです。

そんな先生《せんせい》のうちに、ある日《ひ》、トメさんはでかけていきました。

「こんにちはー、先生《せんせい》。あがりますよーっ！」

トメさんがかってにあがりこむと、へやで本《ほん》を読《よ》んでいた先生《せんせい》が顔《かお》をあげました。

「おっ！　愚者《ぐしゃ》がやってきたな。」

「いやだなあ、先生《せんせい》。三日《か》まえにあったばかりなのに、もう、名《な》まえをわすれちゃったんですか。トメですよ。グシャなんて、ものがつぶれたような名《な》まえじゃありません。」

トメさんはそういって、先生《せんせい》のまえにすわりました。すると、先《せん》生《せい》はためいきをついていいました。

「そういうことをいうから、愚者《ぐしゃ》といったのだ。愚者《ぐしゃ》とはつまり、愚《おろ》かな者《もの》、これを音読《おんよ》みして、愚者《ぐしゃ》だ。」

「そんな、いきなりほめないでくださいよ。」

「べつに、ほめてはおらん。ところで、きょうはなんの用《よう》だ、トメさん。」

先生《せんせい》にたずねられ、トメさんはいいました。

「いや、ほかでもない。用《よう》っていうのは、ちょっと先生《せんせい》にききたいことがあってね。それできたんですよ。」

「ほう。ききたいことだと？　まあ、わしはこの世《よ》のことで知《し》らんことはないから、なんでもききなさい。」

先生《せんせい》がむねをはったところで、トメさんはいいました。

「先生《せんせい》。あの、ヒラメっていう魚《さかな》がいますよね。あれは、ひらべったい体《からだ》に目《め》がのっかってるから、ヒラメっていうんでしょうがね。まあ、それはわかるんですが、タイは、あれ、なんでタイっていうんですか。」

だいたい、先生《せんせい》なんていわれている者《もの》は、ほかとはちがう意見《いけん》をいわないと、かっこうがつかないと思《おも》っているものです。

先生《せんせい》は、

「これだからしろうとはだめだっていうんだ。ひらべったい体《からだ》に目《め》がついているからヒラメだと？　ほんとうに愚者《ぐしゃ》はそんなことしか思《おも》いつかんのだから、いやになる。」

といって、また、ためいきをつきました。そして、こういいました。

「しかも、タイがどうしてタイとよばれているかも、わからんのだからな。知《し》らないなら、教《おし》えてやるが、トメさん。おまえ、ヒラメとタイじゃあ、どっちがえらいと思《おも》う？」

「どっちですか？」

「竜宮《りゅうぐう》じゃあ、タイはヒラメよりえらいのだ。ほら、『タイやヒラメのまいおどり』っていうだろ。タイのほうがヒラメよりさきになっている。」

「ほう……。」

トメさんがうなずくと、先生《せんせい》はさらにいいました。

「タイも大《おお》きくなって、長《なが》くなると、タイ長《ちょう》とよばれるようになる。ヒラメはいつもどろの中《なか》にもぐっていて、大《おお》きくなっても、えらくならない。そこで、ヒラメがなまけているると、それを見《み》つけたタイが、『こらっ、そこのひらめ！』とどなりつけたりする。そうやって、年中《ねんじゅう》どなられていたので、それが名《な》まえになり、ヒラメとよばれるようになった。」

「はあん、ヒラメのヒラは、ひら社《しゃ》員《いん》のひらですか。タイは隊長《たいちょう》だからタイですね。」

「まあ、そうだが、タイについては、べつの説《せつ》もある。わしくらいになると、ひとつのことでも、いろいろな説《せつ》を知《し》っている。」

「どんな説《せつ》です。」

「あるとき、いつもどなられているヒラメが、とうとうタイにさからって、かみついたんだ。そしたら、そのとき、タイが、『いたいっ！』

とさけんだ。ところが、なにしろ海《うみ》の中《なか》だから、最初《さいしょ》の『い』がよくきこえず、『たいっ！』ときこえ、それからタイの名《な》がついたともいわれている。」

「ほう、そうだったんですか。さっそく、みんなに教《おし》えてやろう。」

といって、かえろうとするトメさんを先生《せんせい》はひきとめました。

「まあ、まあ。トメさん。今《いま》、お茶《ちゃ》とようかんを出《だ》してやるから、もうすこし話《はな》していきなさい。」

先生《せんせい》はたいくつだったのです。先生《せんせい》はお茶《ちゃ》とようかんをトメさんのまえにおくと、じぶんでもお茶《ちゃ》をひとすすりしました。それを見《み》て、トメさんはまたたずねました。

「先生《せんせい》、お茶《ちゃ》をのむうつわをよく、ゆのみっていいますが、あれは、どうしてなんで？」

先生《せんせい》はすぐにこたえました。

「お茶《ちゃ》はおゆでいれる。茶《ちゃ》はゆだ。ゆをのむから、ゆのみだ。」

「なるほど。じゃあ、ちゃわんっていうのは、茶《ちゃ》を入《い》れるおわんだからだね。あ、それとも、ゆわんが正《ただ》しいのかな。」

「そうだ。」

と先生《せんせい》がこたえるかと思《おも》ったら、先生《せんせい》は首《くび》をふりました。

「だから、しろうとはいかんというのだ。トメさん、おまえのうちでは、ちゃわんにゆや茶《ちゃ》を入《い》れてのむのかい。ちゃわんは、ゆや茶《ちゃ》じゃなく、ごはんを入《い》れるんじゃないか。」

「たしかにそうだ。じゃ、なんでごはんを入《い》れるのに、ちゃわんっていうんですかね。」

「あれはだな。きょうも元気《げんき》で、ちゃわんと、つまり、ちゃあんと、ごはんをたべることができて、しあわせだという気《き》もちになるから、ちゃわんというのだ。」

これには、トメさんもおどろきました。

「ええーっ？　ちゃあんとごはんをたべることができてしあわせだから、ちゃわんですか。」

「そうとも。」

「じゃあ、やかんは？　やかんは、どうしてやかんというんです。あれは水《みず》をわかしておゆにするどうぐですから、〈水《みず》わかし〉とかなんとかいいそうなものじゃないですか。」

トメさんがそういうと、先生《せんせい》はまた首《くび》をふりました。

「トメさんも、ちょっとは考《かんが》えないといけないよ。やかんは水《みず》をわかして、ゆにするばかりのどうぐではない。夏《なつ》なんかには、つめ

たい麦茶《むぎちゃ》なんかを入《い》れておいたりするだろ。だからって、〈水《みず》わかしつめたい麦茶入《むぎちゃい》れ〉なんていうんじゃ長《なが》すぎる。やかんはむかしは、〈きちん〉といったんだ。」

「きちん？」

「そうだ。ちゃわんは、ちゃわんとごはんがたべられるからちゃわん。やかんは、水《みず》をいれるときちんとわいて、おゆになり、冷《つめ》たい麦茶《むぎちゃ》をいれとけば、きちんと冷《つめ》たいままになっている。だから、どちらにしても〈きちん〉だ。」

「へえ、じゃあ、どうして、きちんがやかんにかわったんですか。」

「それはもうだいぶむかしだ。あるとき、いくさがあってな。敵《てき》とみかたがわかれて、たたかっていたと思《おも》いなさい。ある日《ひ》、朝《あさ》から雨《あめ》がふっていて、夜《よる》になってもふりやまない。こりゃあ、この

ぶんじゃ、敵《てき》はせめてこないだろうと、たかをくくって、ばんめしのあと、みんな、ねてしまったんだ。そしたら、敵《てき》が夜襲《やしゅう》をかけてきた。せめられたほうは、みんな、大《おお》あわてでおきると、ねむい目《め》をこすりながら、よろいをきたり、かぶとをかぶったりだ。ところが、夜《よる》でくらいから、どこにかぶとをおいたかわからなくなった者《もの》がいて、しかたがないから、ばんめしのときにゆをわかしたきちん、つまり、やかんを頭《あたま》にかぶった。

そこへ、矢《や》がとんできて、きちんにあたった。それからというもの、きちんはやかんとよばれるようになったというわけだ。わかったかい、トメさん。」

わかったかい、ときかれても、トメさんはわかりません。

「いえ、ぜんぜんわかりませんけど。」

とトメさんがいうと、先生《せんせい》は、

「そうか。愚者《ぐしゃ》には、もうすこし、くわしくいわんとわからんかもしれん。」

とつぶやいてから、いいました。

「矢《や》がとんできて、カーンと音《おと》をたて、きちんに命中《めいちゅう》した。矢《や》がとんできてカーンだから、やかんじゃないか。」

「あ、なるほど、矢《や》がとんできてカーン、それでやかんですか。」

やかんの図《ず》

とトメさんはあやうくなっとくしてしまうところでしたが、なんだかへんだと思《おも》って、たずねました。

「だけど、先生《せんせい》。やかんなんてものは、かぶとのかわりになりますかね。」

「ああ、なるとも。」

といいきってから、先生《せんせい》は説明《せつめい》しました。

「やかんには、ふたがついているだろ。あのつまみを口《くち》にくわえると、鼻《はな》から下《した》を守《まも》れるし、手《て》にもつつるは、首《くび》にかけて、かぶとの緒《お》のかわりになる。やかんの口《くち》はちょうど耳《みみ》のところにあるから、外《そと》の

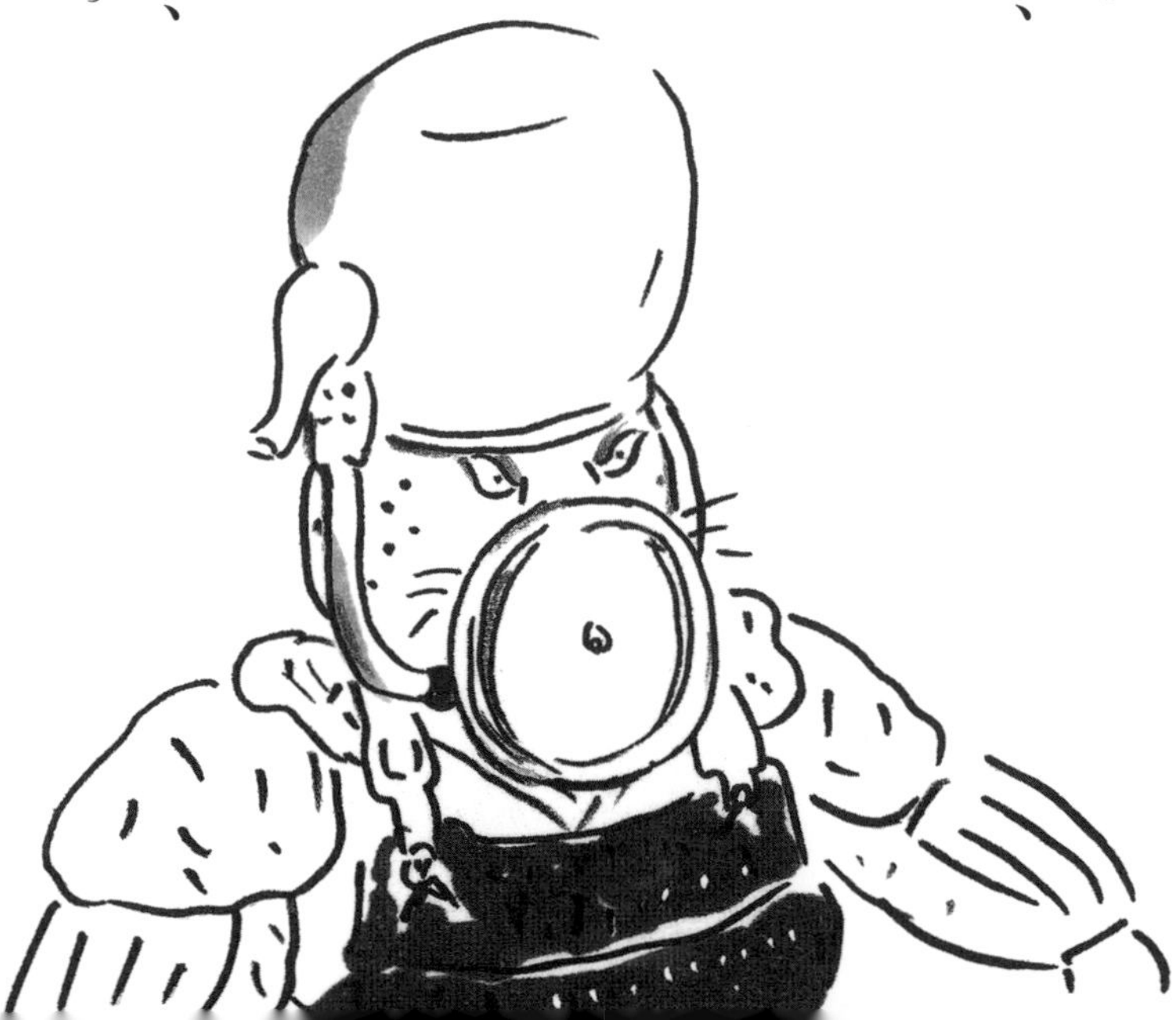

音《おと》もよくきこえる。」

「外《そと》の音《おと》もよくきこえるですって？　そりゃあ、おかしいよ、先生《せんせい》。やかんをかぶったら、口《くち》が下《した》をむいてしまいますよ。たれさがったみたいになるじゃないですか。どうせなら、上《うえ》をむいているほうがいいでしょう。」

トメさんはいいかえしましたが、先生《せんせい》はまるでひるみません。

「だから、さっきいったろう。その日《ひ》は朝《あさ》から雨《あめ》だって。もし、口《くち》が上《うえ》をむいていたら、雨《あめ》がはいってきて、耳《みみ》が中耳炎《ちゅうじえん》になる。」

「あ、そうか……。」

とトメさんは、またもやなっとくしそうになりましたが、もうひとつおかしなことに気《き》づきました。

「だって、先生《せんせい》。それなら、左右両方《さゆうりょうほう》に口《くち》がついていたほうがいいでしょう。そうすれば、両耳《りょうみみ》できけますからね。」

ところが、さすがに先生《せんせい》、そんなことをいわれても、ぜんぜんおどろきません。

先生《せんせい》はこたえました。

「トメさん。なにしろ、いくさだよ。そもそも、ゆだんをしてかぶとをかぶらずにねたから、やかんをかぶらなければならないはめになったんだ。音《おと》なん

て、かたほうだけ口《くち》があれば、きこえる。かたほうにしか口《くち》がなければ、かぶったまま、よこをむいてねられるんだ。便利《べんり》でいいじゃないか。」

「ははあ、なるほど。かぶったままでも、たしかによこをむいてねられますね、やかんなら……。」

トメさんは大《おお》きくうなずきましたが、そのあと、

「だけど、かぶとのかわりに、やかんをかぶったんじゃ、あんまりかっこうがよくありませんよ。むかしは今《いま》より

もっと、かっこうに気《き》を使《つか》ったっていうじゃないですか。」

といいかえしました。すると、先生《せんせい》はにいっとわらって、こういったのです。

「もちろん、むかしは今《いま》よりずっと、すがたかたちを気《き》にしたもんだ。だからこそ、かぶとなんかにも気《き》を使《つか》い、見《み》ばえよくしたものだよ。いくら便利《べんり》だからって、ひるまからやかんをかぶっていたら、かっこうが悪《わる》い。でもね、トメさん。さっきいっただろ。夜《よる》に襲撃《しゅうげき》をうけて、かぶとのかわりにかぶったんだって、そういったじゃないか。やかんはくらい夜《よる》のあいだ、つまり夜間《やかん》にしかかぶらないから、やかんなんだよ……。」

文　斉藤　洋（さいとう　ひろし）

一九五二年、東京に生まれる。現在、亜細亜大学教授。「ルドルフとイッパイアッテナ」（講談社）で第二七回講談社児童文学新人賞受賞。「ルドルフともだちひとりだち」（講談社）で第二六回野間児童文芸新人賞受賞。路傍の石幼少年文学賞受賞。「ベンガル虎の少年は……」『なん者・にん者・ぬん者』シリーズ、『ナツカのおばけ事件簿』シリーズ（以上あかね書房）など作品多数。

絵　高畠　純（たかばたけ　じゅん）

一九四八年、名古屋に生まれる。現在、東海女子大学教授。「だれのじてんしゃ」（フレーベル館）でボローニャ国際児童図書展グラフィック賞受賞。「オー・スッパ」（講談社）で第九回日本絵本賞受賞。絵本の作品に『だじゃれ』シリーズ（絵本館）、「あら、ぶうこちゃん」（BL出版）ほか、挿画の作品に『ジョンはかせとゆかいなどうぶつたち』シリーズ（あかね書房）ほか多数がある。

ランランらくご・3
おばけ長屋

発行　二〇〇五年　十一月　初版発行
　　　二〇〇六年　四月　第二刷
文　斉藤　洋
絵　高畠　純
発行者　岡本雅晴
発行所　株式会社あかね書房
東京都千代田区西神田三－二－一
〒一〇一－〇〇六五
電話　〇三－三二六三－〇六四一(代)
印刷所　錦明印刷株式会社
製本所　株式会社難波製本

NDC913／79P／23cm
ISBN4－251－04203－4